文芸社セレクション

彼女はミュータント

koko

文芸社

目次

人間モルモット

ミュータント、ここでは突然変異体を意味する。

5年前、彼女は大手のトクガワ製薬株式会社に研究員として勤務していた。優秀だった彼女は新薬プロジェクトのリーダーに抜擢《ばってき》されていた。その新薬とは人間の持つ、体力、免疫を向上させ、老化にも効力があるというものだった。

当時、2大製薬会社が技術をしのぎあっていた。ライバルはオダ製薬株式会社で、トクガワとの違いは漢方を得意とした、東洋の神秘的で副作用の少ない薬品を売りにしていた。

「社長、このところ相次ぐ副作用で利益が落ち込んでいます。例の新薬完成を急ぐ必要があるのでは?」と若いトクガワ2代目イチロウ社長も重役から責められていた。

「メドベージェワ、進行具合はどうなんだ?」

「社長、急《せ》かさないでくださいよ。今のままでは副作用の危険性があるわ」

「そんな悠長《ゆうちょう》なことを言っている場合じゃないんだ」

「頑張っているわよ。あなたと過ごす時間も削ってね」

「それは極秘だ」

「新薬よりも？」

「……」

「でも出来ちゃったのよね……」

「はあ？」

「新薬完成よりも早いかも」

「何を言っているんだ？」

「あら、普通は喜ぶべきことよ」

「喜ぶことって……まさか？　こんな大事な時に……」

「まずは〝おめでとう〟の一言じゃない？　忙しい私を我慢できなかったのはあなたの方でしょ？」

「し、しかし……。とにかく急いでくれ。このままだとオダに負けてしまう。新薬が完成次第、君と結婚する」イチロウは他にも女性の噂があったが子供をもうけたのは初めてだった。

「あなたの考えは分かったわ……」

だが新薬完成は難航していた。モルモットの投与で副作用による死亡が99%出てしまう。その中で1匹のモルモットだけが元気に育っていた。メドベージェワはそのモルモットを我が子のように可愛がり、リスと名付けて徹夜で過ごすほどだった。

3年後、新薬は副作用で発毛に優れていることが判明し、目標にはほど遠いが育毛剤として出すことにたどり着いた。

「よくやったなメドベージェワ。結婚しよう」と息子が4歳になる直前に結婚することができた。イチロウも跡取り息子が手に入り喜んでいた。

ある日、そのリスが変化を見せた。二回りも大きくなってハリネズミに変身していた。すぐに採取して調べたところ、

「どういうことだ？　遺伝子を組み換えている?!」

「なんですって？　サム、このモルモットに投与したNo.は？」

「19334です」

数日後、そのモルモットがケースを割って逃げ出していた。入り口でメドベージェワが、

「あら、サム。どこへ行くの？」

サムは何も答えず研究所の入り口を出て行った。

（どうしたのかしら？）

研究所の中は大騒動。

「所長！　大変です。例のモルモットが逃げ出しました！」と慌てていた。その中にサムも居た。

「サム？　もう戻って来たの？」

「はあ？」

「あなたとさっきすれ違ったでしょ？」

「何のことです？」

「え!?　まさか？　さっきサムを見たのよ……、（あれはリスだったの？）」ひらめいたように頭に浮かんだ。メドベージェワは出口に走った。出口付近には誰も居ない。

「警備室に連絡して出入り口をすぐに閉めさすのよ！」

緊急に会社のシャッターは閉められた。

メドベージェワが警備室で指示をしていた

「監視カメラ、防犯カメラの5分前を再生して」調べていると、サムが背中を丸めて非常口から出て行くのが写っていた。

「何の騒ぎだ！」警備室に入って来たのは社長だった。

「大事なモルモットが逃げ出したのよ」

「モルモットだと？　じゃあ、研究は？」

「一からやり直しかも……」

「そんなことは許せん！　君のミスだ。責任を取ってもらう！」

「そんな……、成功させてみるわ！」

研究室に戻ったメドベージェワは№1９３３４の新薬を抽出《ちゅうしゅつ》した。

「所長、何をなさるのですか？」

「サム、私の最後の実験よ……」自分の袖をめくり、注射器を近づけた。

「所長、何を考えているのですか?!　99％の確率で死にますよ！　やめてください！」

「人間に投与して害のないことを証明するの」腕に注射をさして注入していった。サムは固まって見守るだけだった。

「体が熱いわ……」両腕を見ても体を鏡で見ても変化はないが、目まいと吐き気がしていた。その苦しい表情を見て、

「だ、大丈夫なのですか？」

「いいから検査して」

「分かりました」サムは震えながら採血した。顕微鏡で見ると変化はあまり見られないようだ。だが見たことのない細胞が確認できた。それが分裂を続け、すごい勢いで増殖していた。

「こ、これは……」

「サム、何が見えたの？」

「ひ！　僕に近づかないでください！」と大声を出した。

「サム、落ち着いて」と言いながら顕微鏡を覗き込んだ。サムは、

「新種のウィルスかもしれない。助けてー！」と言いながら非常ボタンを押した。

ビービービー！

警報音が鳴り響いた。

「なんてことをするの！」するとサムを見るメドベージェワの目が赤くなった。

「あ!?」サムの前に見えるのはサム、メドベージェワの前に見えるのはメドベージェワだった。お互い指をさしながら、

「ど、どうして？」メドベージェワは自分の姿を見てサムと入れ替わっていることに気付いた。№１９３３４を懐《ふところ》に隠して思わず走り出した。他の研究員が入って来て、

「サム、どうしたんだ？」と言われ、

「所長が倒れてしまったの……」と答えて研究所の外に出た。警報は鳴りっぱなしだ。トイレに飛び込むと、

「きゃー！　ここは女性トイレよ！」と叫ばれた。慌ててその女性の口をふさぎ、トイレの個室に押し込んだ。その時の力は常人のものではなかった。数分、恐怖で震える女性を押さえていたが、体に異変を感じた。すると女性を見る目が赤くなり、女性と入れ替わった。女性は混乱して声が出なかった。入れ替わったメドベージェワはトイレから玄関へと早足で出て行った。

声を聞きつけ警備員が女性に声を掛けると、

「わ、私が、私が出て行った……」

「何を言っているんです？　メドベージェワさん」女性の頭は混乱していて丸くなったままだった。警備員は、

「メドベージェワさん確保」と報告していた。

「はあ？　メドベージェワさんは研究室で確保したはずだが？」

「ええ？　でもここに居るのは……」警備員はもう一度確かめるように女性に、

「あなたはメドベージェワさんですよね？」

「違うわよ！」

「何を言っているのですか？」警備員は女性をトイレに残して援助が来るのを出入り口で待っていた。するとトイレから別の女性が頭を押さえて出て来た。

「ええ？」警備員がトイレに入ると確保したはずのメドベージェワが消えていた。別の警備員が来て、

「メドベージェワさんは？」

「いや、あの、その……」言い訳が思いつかなかった。

トイレを出て10分後、メドベージェワは元の姿に戻っていた。

（私は元に戻ったけれど、あの2人は大丈夫かしら？）。部屋に監禁されていたサムも元に戻っていた。警備員は、

「確かにメドベージェワさんでしたが……？」サムも、

「だから言ったじゃないですか。僕はサムだって」

「とにかく、社長に連絡だ」

「なんてことだ、この事は内密にするしかない。いいか、内密だぞ。一切外には漏らすな。そして彼女を探し出せ。もしかしたら自宅のマンションに来るかもしれない。警備員を増やして息子の警護に掛かれ！　あの子は大事な跡取りだからな、あの女に

は絶対渡さん！」

「社長、警察には……」

「タジマ、このことを漏らすわけにはいかない！　メディアの餌食《えじき》になり、トクガワは潰れてしまう」

「分かりました。でも警察が駄目だとなるとどうします？」

「金に飢えている探偵や、例の集団を使うしかないだろう」

「承知しました」

「我が家は高層マンションの最上階だが、もしものことを考えてセキュリティ会社にカギと暗号を変えるように指示しておけ。時間を見て、息子を別の別荘に移し替えるしかないな」

「そのように」

「そして彼女の助手だったサムを呼んで来い。ここで研究を断念するわけにはいかない。どれだけの金を掛けてきたことか……」

「社長、奥さんはどうされるのですか？」

「今後の実験用として人間モルモットになってもらうしかあるまい」

「モルモット……ですか」

サムは翌日には所長となって研究を続けるようになっていた。

メドベージェワは自宅のマンションまで来ていた。

（おかしいわ、解除できない）。他の住民もフロア入り口で立ち往生しているようだった。

（もしかして……）部屋番号で呼び出すと、メイドは、

「どなたですか？……はっ、奥様！……少々お待ちください」と言ってから時間が経った。メドベージェワはメイドの不審な様子に気付き、外の植木に隠れて様子を見ていると、警備員たちが数人、フロア入り口を囲んでいた。

（やっぱり、夫は私を裏切ったのね……）メドベージェワは背を丸めながら夜の街に消えていった。

ガニ股《また》

「サム君、進み具合はどうだね？」

「社長、持ち去られた１９３３４か、逃げたモルモットだけでも手に入ればいいのですが」

「それに近い物ではダメなのかい？」

「まったく効果はありません。１９３３４でさえ１％の確率ですから……、しかも奥さんは死にませんでしたが、ミュータントになられた」

「ミュータントだと？」

「はい、残念ですが。育毛剤として抽出されているモノから発展させるのが近道かもしれませんが……、効果は期待できません。やっぱり１９３３４を取り戻したいですね」

「そうか……、まあ、早くブランクを埋めるように」

「努力します」

（どんな手を使っても取り返す必要があるな……）

ルルルル……

携帯が鳴った。

「（あいつからだわ）裏切り者が何の用？」

「裏切り者は君じゃないか。今どこに居る？」

「よく言うわね。マンションの入り口で捕まえようとしたでしょ」

「それは君が急に逃げ出したからだ。交換といこうじゃないか。１９３３４と息子を……」

言い終わらないうちに、

「なんて人なの！　子供を人質扱いするつもり？　許せない！」

「まあ、興奮するな。君にとって１９３３４はもう必要あるまい、悪い条件とは思えんが」

「何処まで汚いの、どうせあなたのことだから私を実験に利用するつもりなんでしょ？」

「……そんなつもりはない。今でも君を愛している」

「切るわ」

「おい、待て！」

プツンッ！　ツーツーツー。

イチロウが掛けなおしたが電源を切っていた。

「ちっ、一筋縄では通用しないってわけか……それも時間の問題だ。タジマ！　タジマは居るか？」

「お呼びで？」

「あの件は進んでいるのか？　どうもあいつを甘く見ていたようだ」

「では、事を運びます」

「頼む……」

タジマは早速、電話を掛けた。

「タカセ探偵事務所ですが。ああ、タジマさん、久しぶりですね。ここに掛けてくるとは、どういった御用です？……そうですか、値が張りますが宜しいでしょうか？分かりました、お任せください。写真などのデータを送っておいてください、すぐに動きます。（美味しい仕事が飛び込んできたな。迷い猫を探すよりずっと楽な仕事だ）」

コンビニで食料を買い、

（さて、どこを寝床にしようかしら？　手が回っているかもしれないから不動産屋は当たれないし、ビジネスホテルも心配だわ）人通りの少ない鉄橋の下を歩いていると、誰かが跡をつけているような気配がした。

（気のせいかしら？　耳が敏感に聞こえるわ）メドベージェワが立ち止まると、靴音も立ち止まるようだ。

（まいったわね、ここで捕まるわけにはいかないわ）メドベージェワは走り出してビルの陰に隠れた。すると跡をつけていた者が走ってきた。

ドカッ！

メドベージェワは待ち伏せしていて足を引っかけ、つけていた者が路上に転んだ。

「何者よ！」ゆっくり起き上がりながら、

「メドベー……ジェワ……」とたどたどしい口調で言った。

「どうして私を？　夫の差しがねなの？」

「何のこと？」

「じゃあ、どうして私を知っているの？」

「忘れたか？」というと目が赤くなり、メドベージェワに変身した。

「ま、まさか……リス？」

「そう。餌《えさ》をくれ」

「いいわよ、でも餌って言うのはやめて」食べ物を与えると、ムシャムシャとハンバーグにむさぼりついた。

「リス！　その姿で汚い食べ方はやめて！」

「なぜ？」

「私が恥ずかしいわ……、あれ？　私は私のままだ？」入れ替わっていないことに気付いた。

「僕、入れ替わらない」どうやら効果が違っているようだ。

「とにかく人のいないところに行きましょ。こんなに似た双子は目立つわ。しかも口周りがグシャグシャじゃない……」

「それならある、向こう」と指差した。差し押さえられて閉鎖したビルだった。

「どうやって入るのよ」

「簡単」と言ってハリネズミに戻った。

「え？　私もハリネズミに？　いやよ……」

「チューチュー」

「……分かったわ」ハリネズミを見つめて目を赤くした。ハリネズミ2匹は隙間からビルに侵入した。

（ネズミの目線って、こういう風なのね。考えたこともなかったわ）

10分後、メドベージェワは元に戻った。

「はあ、戻らなかったらどうしようかと思ったわ」とハリネズミに話しても返事は、

「チューチュー」

「いいわよ、私に変身して」ハリネズミの目が赤くなり、メドベージェワが現れた。

「仕方ないことだと思うけど、お股を広げただらしない恰好で座らないで。こうやって膝を閉じるの！」と両手でリスのメドベージェワの膝を閉めた。

「仲間、いっぱい死んだ」

「ごめんなさい、今さら謝っても遅いわね。もう研究はやらないわ」

「これからどうする?」

「息子を取り返したいわ」

「息子?」

「そう、私の子供よ。とはいっても母親らしいことはしてあげられなかったわ」

「良くしてくれた」

「そうね、あなたと過ごした時間の方が長いでしょうね」

「その時間、取り戻す？」

「ありがとう……。あなたの方がアイツ（夫）よりずっと優しいわ」懐から19334が入った小瓶を取り出した。

「これはあなたたちの命を削ってきた研究の成果よ。これはあなたに預けるわ」

「いいのか？」

「今は息子以外に信じられる者はリス、あなただけよ」

「……わかった」

リスは10分で元に戻った。メドベージェワはハリネズミを上着で包むと抱きながら眠りについた。

トクガワではイチロウの側近タジマが水面下で更に動いていた。

「タジマさん直々《じきじき》に来られるとは、お急ぎの御用ですかな？」相手はゴンドウ組の若頭、ショウダイだった。闇の世界では名が通っている暴力団だが、表向きはセキュリティ会社カムイということになっている、公《おおやけ》の暴力団だ。

「あくまでも生け捕りが優先です。死体では価値が下がりますから」

「お任せください」

　翌朝。

「あれ？　リスがいない。どこへ行ったのかしら？」ちょっと寂しい気がした。

「チューチュー」と聞こえてきた。

「リス？」すると近付いてきたのはネズミが数匹だった。

「きゃー！」メドベージェワは尻餅をついた。するとそのうちの1匹の目が赤くなりメドベージェワに変身した。

「リス！　どういうこと？」

「ここの住人、皆、仲間、ボスのシュゴシン」

「ああ……（お世話になるのね）宜しく（生涯でミッキー以外のネズミと真面目に挨拶するとは思わなかったわ）」

「餌、くれって。そしたら仲間になる」

「仲間？　ネズミと？」

「うん」

「……分かったわ、チーズでも買い出しに行きましょう」

「皆、喜んでいる」

「……私も嬉しいわ……」と笑顔をつくろった。

メドベージェワになったリスはポケットにネズミを入れてきた。

「どうするの？」

「行けば分かる、今度はネズミになる」

「ええ？」

「ハリネズミ、目立つ」

「(確かにそうだけど……一応、女性としてのプライドが……) オッケー」また笑顔をつくろった。

コンビニでチーズとサンドイッチなどを買い、メドベージェワはトイレに入った。

その中で、

(はあ……、トイレでネズミか……) 迷った末、変身した。

先にネズミから変身したメドベージェワが出て行った。そして入り口を出て左に歩いて行った。一方、ネズミに変わったメドベージェワは右に出て行った。外で待っていたリスに、

「チューチュー！(私、あんなガニ股で歩かないわ！)」

「チューチュー (ネズミ、生まれつき、仕方ない)」

ゴキは嫌《いや》！

　ジュンはメイドがあやしても泣き止まなかった。

「ママ～！」

「やはり奥様でないと駄目だわ、食事も摂《と》らないし、このままじゃ本当に死んでしまうわ」

　ピンポ～ン。

「あ、はい」

「宅配です」

「分かりました、解除します」玄関で荷物を受け取り、

「誰からかしら？　いつもの宅配人と感じが違ったけれど……。しかもジュン様宛で？　宛名は？　奥さん!?」慌てて包み箱を開けると、中からネズミが飛び出してきた。

「ひゃ〜！」メイドは尻餅をついた。その声にジュンも泣き止んだ。ネズミはジュンの部屋に向かって走っていった。メイドはスリッパを持って追いかけようとしていた。

「ここはジュン様の部屋……ジュン様が泣き止んでいるわ？」ドアを開けてメイドはまた尻餅をついた。

「お、奥様!?」メイドが見たのは息子をあやすメドベージェワの姿だった。

「ジュン、必ずママが戻ってきますからね。お利口に待っていてね」

「うん、ママ！」

宅配人はリスが変身して、メドベージェワがネズミに変身していたのだ。

「さあ、一緒に食事をしましょう。いっぱい食べてね」ジュンは今までの食べられなかった分を取り戻すかのように食べた。

メイドには今のことを一切《いっさい》口にしないと約束させて、ジュンの見ている前でメドベージェワはメイドを見ると、目を赤くしてメイドと入れ替わった。それを見ていたジュンは、どこに行っても母は必ず来てくれることを確信するのだった。

メドベージェワはメイドとなって自宅を出て行った。別れは辛かったが、今、愛しい息子を連れ出しても捕まってしまうと思っていたからだ。

（その気になれば、いつでも会いに行けるわ）との思いもあった。

マンションの外に出てすぐに声を掛けられた。

「すみません」

「あ、はい？」

「トクガワさんところの方ですよね？」

「そうですが……、どなたですか？」

「わたしはトクガワさんから依頼された探偵でして、ちょっとお聞きしたいのですが？」

「（依頼！）すみません、今、急いでいるもので」

「分かりました、すみません。ちなみにどちらへ？」

「（困ったわ）……郵便局へ、失礼します」急いでいるふりをして何とか逃れられたが、

（おかしいな？　郵便局はあっちの方だが……）と疑われてしまった。

よく見ると周りには不自然な人が沢山居た。服装は違っても、同じニオイのする人たちだった。

（あの警官も夫に雇われた人たちね、ジュンを連れ出さなくて正解だったわ）とすぐに感づいた。

古びたビルに帰って来て、

「リス、あなたたちの協力で息子に会うことができたわ。ありがとう」他人から見れば、

（ネズミたちに話しかけている、変な人）と思われがちだが、メドベージェワは素直に感謝していた。

（今までネズミはただのモルモットとしか思っていなかったことを後悔しているわ）

次の日、窓から外を覗くと、

（あれは昨日の警官……、それに訪ねてきた人も。追っ手に気付かれたのかしら？）

「あいつら、朝から来ている。同じ人間が何度も往復」メドベージェワに変身したリスが言ってきた。

「ここもダメかしら？」ネズミ情報網？　によると、

「ここ、人間、入る入り口無い、大丈夫。ホテル、コンビニ、みんな、顔写真貼っている」

「そうなの？」今はネズミ情報網を信用するしかない。

最近になって自分はミュータントであり。恐ろしいほどの身体能力を持ち、一瞬のうちに相手をスキャンして入れ替われる。それも指紋、網膜までもの組織をその人物

に成りすますことができる。その成りすます時間はわずか10分間、それが短く感じられたり、長く感じることもある。入れ替わっている間のパワーはその人物（動物）の能力だけになる。逆に入れ替わられた人物は、その間、メドベージェワとなるがパワーはその人物のままだということが分かってきた。

リスは能力が違い、スキャンして成りすますことができるが、入れ替わりはしなかった。

「さて、私はこれからどうしたらいいかしら？」

「普通の生活、戻る」

「だけど、そうなるには？」

「……研究、暴《あば》く」

「暴く？　研究を？……（確かに今まで非公開の臨床実験で何人もの人が亡くなっているわ。だけど私も加害者に……）」

「勇気いる、ゆっくり考える」

「（トクガワが存在する限り、私は戻れない……でもジュンが犯罪者で化け物の母親を持つことになってしまうわ……）考えさせて」

「ゆっくりでいい」

サムはメドベージェワから採血したモノを保管していた。それを改良してモルモットに投与して試し、モルモットの80％は死ななかった。只、けいれんを起こすモノ、異常に手足が長くなった状態などが見られた。メドベージェワが生き残ったのも奇跡に近かったことを示す結果だった。それでも、

（これを使えばもしかして……）サムは起死回生を狙っていた。そこへ、

「サム君、どうだね？」社長に声を掛けられ、

「はい、奥様から採血したモノを培養してみました、モルモットでの確率はまだ低いのですが、近道は臨床実験が必要ではないかと」

「……そうか、仕方あるまい、都合をつけよう。それと、あいつはもう妻ではない」

「あ、……はい」

社長はタジマを通じ、ゴンドウで臨床実験に適していそうな貧しい老人やホームレスたちを金の力で集めてきた。臨床実験と言っても名ばかりで、人間モルモットだ。トクガワは今までこうした非合法で新薬を獲得してきていたのだ。

「結果を楽しみにしているぞ、サム君」

「あ、はい」結局、サムは自分を追い込む形になっていた。

「また、仲間がいっぱい死んだ」

「リス、あなた研究室に忍び込んだの？」

「仲間、助けたい」

「気持ちは分かるけど、捕まったらおしまいよ？」

「危険な実験、メドベージェワの血、使っている」

「きっとサムだわ、……なんとかしなきゃね。でもどうやって入ったの？」

「茶色い虫」

「ええ？　茶色い虫？　それって……もしかしてゴキブリ？」

「何処でも入れる、壁も登れる、飛べる……」

「分かったわよ！　でも私は嫌よ！」両腕で体を覆《おお》って震えを抑えていた。

「昆虫、嫌いか？」

「あれは昆虫じゃないわ……、あれは……ゴキよ！」

「人間、見ると驚き逃げるが、でもすぐ殺虫剤、とても危険」

「……確かに、そうね」メドベージェワの脳裏にゴキブリ目線の光景がよぎった。しかも逃げ込んだ先には集団で過ごしているという。はるかに想像を絶する体験はしたくない。

「助けることは協力するけど、私流でやらせてもらうわ」

メドベージェワは空き瓶《びん》を持ってビルの中を探していた。

（ゴキに変身だけは御免だわ……、あれは必ずここにもいるはずだわ）

身震《みぶる》い

『仲間、逃がし作戦』決行の日がやって来た。ネズミに変身したメドベージェワが研究員の女子更衣室に潜入していた。そこへ女性研究員が研究室から戻って来たので入れ替わった。

女性研究員のネズミは、

「チューチュー！」とパニックになって更衣室を走り回っていた。

変身したメドベージェワは研究室に向かった。

（これで網膜セキュリティセンサーはオッケーだわ）

研究室のドアの前には1匹のゴキブリが見えた。

（リスだってことは分かっているけど、やっぱり……）研究室へ一緒に侵入した。

「あれ？　君は先ほど帰ったはずじゃあ？」声を掛けてきたのはサムだった。

「ちょっと、忘れ物で」と言ってモルモットの居る場所へと向かった。そこで、

（何？　この異常なモルモットたちは？……早く助け出さなきゃ）モルモットをケースから全部逃がした。そのモルモットに変身したリスが先導して入り口に走り出した。

「きゃー！」研究室はパニックになった。それに気付いたサムが、

「どういうことだ!?　……君は、あなたはもしかしてメドベージェワ？　待て！」

ドアを開けたメドベージェワは全員脱出を確認し、サムを見て目を赤くした。２人は入れ替わった。

「待てー！　メドベージェワが逃げたぞ！　クソ！」警備員室に連絡を入れ、

「メドベージェワが研究室から逃げ出しました！　早く捕まえてください！……待って、逃げたのは僕だ」

「はあ？」

「僕は今メドベージェワだ、逃げている僕はメドベージェワだ」と訂正したが、

「はあ？　何を言っているのです？　あなたは誰です？」

「僕はサムだ、もう一度言う……」女性の声だが必死で説明していた。

警備員が納得した頃、メドベージェワはエレベーターに乗っていた。

「戻ってしまったわ、……これに変身するの？　はあ……」ため息をついてカラース

プレーを取り出し、監視カメラに噴射して見えなくしてから瓶を取り出した。

エレベーターは管理室にコントロールされ、警備員が待機している2階以外に止まらないようになっていた。

ドアが開いた時、床には空瓶が転がっていた。

「取り押さえろ！」警備員がエレベーターに入ろうとした時、それを見たメドベージェワがお尻を突き出して奇妙な動きをしていた。

（うっ、糸が出ない？）メドベージェワは警備員に襲い掛かり、ヘルメットをかじった。

「な、なんなんだ？　こいつ……。狂ってる！」

その間に1匹のクモがエレベーターから出て行った。

さて、お読みの皆さん。お気づきと思われますがメドベージェワとクモが入れ替わりました。クモのメドベージェワが糸を出そうとした様子（仕草）はご想像にお任せします。

クモは待ち合わせの地下へと下りていった。地下にたどり着いた頃にはメドベージェワに戻っていた。なんとか全員？　脱出できたみたいだ。中には麻痺で動きが遅いモノもいたので、ポケットに入れ、みんなとまた一旦別れて、ビルから出て行った。

アジト（古いビル）に戻って来る途中で、猫と入れ替わり、背中にモルモットを乗せて戻って来た。アジトでは猫を見たネズミたちが、ザ〜！　っと慌てて散らばっていった。猫は笑っていた。メドベージェワに戻るとリスが、

「脅かすな、猫、打ち合わせ、ない」

「御免、御免。犬だとビルに入れないと思って」

「本当か？」

「ああ……、ちょっと遊び心もあったかな？……あは」

「遊び？……、まあいい。仲間、感謝している」

「私が皆に謝らなくてはいけないわ、今まで御免ね」

「この恩、忘れない、言ってる」

「ありがとう、みんな」自然と涙が出てきた。

「トクガワ、悪い、臨床実験する」

「まさか、この状態でするの？　必ず死人が出るわよ」

「でも、する」

「……何かいい手はないかしら？」

「モルモット、逃げる。人間、逃げるか？」

「痛いところを突くわね……。リスが言うように逃げないでしょう、逃げることができても行く当てがなければ、人間はどうしようもないわ。ふ～……」

「だったら、やる前、止める」

「はあ～……、君の才能には感服《かんぷく》するわ。でも方法が浮かばないわ」

「テレビ」

「テレビ?」

「人間、よく見る」

「そうね……、まさかテレビに公表するの? でも、どうするの?」

「生中継、狙う」

「編集はできないから効果はあるけれど……」

「テレビ、餌、与《あた》える」

「餌?」

「衝撃、流す」

メドベージェワはリスの説得力のある? 意見に耳を傾けた。他のネズミたちも協力するという。時間がないので早速取り掛かった。

メドベージェワは各新聞会社にトクガワ研究所長サムの名を借りて情報を流した。

「私たちの会社では人間もモルモットだ。金さえ与えればいくらでも補充が利く」といった内容だった。

トクガワの会社に新聞社からの問い合わせが殺到した。テレビニュースでも大きく取り上げられて、モルモット人間を映そうとテレビ局がトクガワのビルに集まりだした。

「釈明は？」の問いがイチロウに向けられ。当然、この状況下では実験は延期となった。

イチロウは怒りながらサムに、

「どういうことだ！」

「僕は何も……もしかしてメドベージェワさんが……」

「なんだと？……ありうるな。もう情けはいらぬ、この世から消えてもらう。タジマ！」

「はっ、即、手配します」

「あー、タジマさん、大変なことになりましたね。ええ？　生け捕りはしなくていい？……分かりました。その方がこちらもやりやすいですから」ショウダイは不気味な笑顔で答えた。

タカセ探偵事務所にも情報が入っていた。

「あ〜む、この山、自分としては裏を知りたくなってきたな」タカセは色々と情報を得るうちにトクガワの悪行《あくぎょう》がいっそう耳に入ってきていた。

「ここはどっちに付くか……、そろそろあそことの付き合いは潮時かもしれない。気に食わないゴンドウ組も絡《から》んできているようだし……」以前、ある事件の依頼でボコボコにされた経緯がある。タカセは閉鎖されたビルの付近をネズミが隊列を組んでいる様子を見かけていた。

ある日の夜、ビルに薄い明かりが灯っているのを確認した。

（あそこにいるのは確実だな、でも何処から侵入したんだ？　それにゴンドウ組の奴らがウヨウヨしているじゃないか……）タカセは暗闇の中をぐるりと回ってビルの侵入口を探していた。

（ここなら入れそうだな、こんなことはしたくないが、どうしても真相を突き止めたいし）タカセはペンチを取り出し、ベニヤ板を縛っている針金を切った。そして周りを見渡し、侵入した。勿論、ベニヤ板を元に戻した。

1匹のネズミが駆け寄ってきた。するとメドベージェワのリスが、

「なに？　侵入？」

「リス、どうしたの？」

「人間がビルに侵入した」

「誰が？　……」

「ここに来る」ロウソクの火を消した。メドベージェワは向かいの部屋のクローゼットに身をひそめた。タカセは明かりのついていた場所を頭に入れて上がって来た。それでもエレベーターは動かないので時間に余裕はあった。

「ふ～、中年にはキツイ運動だ……（この辺の部屋だな）。ここだ！」部屋に食べ物の袋やペットボトルが固めて置いてあったからだ。そして床を見て、

（靴の跡がある。それに小さな足跡が無数に……何だろう？……まさか？）タカセは一回大きく身震いした。

メドベージェワが笑った

「誰か居ませんかー？　居ることは分かっていますよ！　出てきてもらえないかな？　話し合おうじゃないか」その声に1匹のネズミが現れた。

「ひえ〜！　シッシー！　こっちに来るな！　お前を呼んだわけじゃない、お願いだ、消えてくれ！」するとネズミの目が赤く光った。

（わー!?　お、俺が？……）ネズミに入れ替わったタカセは腰が抜けたのか、床に座り込んだ。目の前には巨大な自分が、

「あら？　ネズミだけじゃなく、自分の姿もお嫌いのようね？」

「チューチュー……（あ、……どういうことだ？　き、君？　は誰だ？　俺はどうなっているんだ?!）」メドベージェワが現れ、通訳した。

「自分に名前を聞くなんておかしいわよ？」しゃべり方は違うが声もタカセだった。ネズミになったタカセはようやく自分がネズミになっていることに気付き、

「チュー！」と一声大きく鳴いた。

変身ネズミが落ち着くまでメドベージェワたちは待っていた。落ち着いてきたネズミは、

「チューチュー……（あー……、わかった。俺はタカセと言う。トクガワに依頼された探偵だ。君の正体を教えてくれないか？）」

「なら、私を捕まえにきたのね？」

「ええ？　いったい君は何者だ？」タカセの頭の上には未《いま》だに？マークが浮かんでいた。

「あなたが嗅ぎまわって探している人物よ」

「ま、まさか、君がメドベージェワ？……どういうことだ？」

「今に分かるわ、もう少しでね。皆も出てきて」と言いながら腕時計を見た。するとネズミたちがいろんな場所から現れ始めた。それを見たタカセは飛ぶように立つと部屋の隅にへばりついていた。

「わー！　ネズミ！　シッシー、た、助けてくれー！　俺はネズミが駄目なんだー！」

「ネズミがネズミを怖がるなんておかしいわ？　わたしを捕まえようとすると皆が襲い掛かるわよ？」襲われる光景が頭に浮かんだのか、

「か、勘弁してくれ！　そんなことはしない、約束するよ。信じてくれ！」隅っこに固まるように座り込んだ。

「わかったわ、そろそろね」

「な、なにがだ？」メドベージェワに戻って、タカセも戻った。懐《ふところ》から写真を取り出し、

「メドベージェワ……さん？」

「お会いするのはこれで2回目ね？」

「はあ？……初めてと思いますが？」

「あなたが気付かなかっただけよ」

「……もしかして、マンションから出てきたメイドさん？」

「思い出した？　さすが探偵さんね？」タカセは少しずつ理解してきたようだった。

「依頼してきたトクガワから何も聞いていないようね？　私は新薬の副作用が出ているのよ。その危険な薬をトクガワは利益のために、弱き立場の人たちを使って臨床させるつもりよ。それでもあなたはそんなトクガワの指示に従うつもりなの？」

「それは初耳だ、怪しい噂は耳にしていたが……。正直なところ、迷っている」

「大事な顧客ですものね？」

「痛い話だが、認めるよ……」

「あなたは意外にいい人のようね？」

「そうでもないさ、汚い仕事を色々してきた、世間で悪人呼ばわりされても仕方がないさ」

「心配しないで、トクガワに比べれば、あなたは善人よ」

メドベージェワは事の経緯《いきさつ》を話し、リスを紹介した。

「本当に人間モルモットが……」でもリスを見て衝撃は隠せないようだった。

「話は信じるが、協力してほしいと言われても俺にはリスクばっかりでメリットが無い」

「あら、そうね」するとリスが、

「協力、メリットある」

「どういうメリットだ？」

「探偵、情報、命。ネズミ情報網、すごい」

「そういうことね、ありがとう。助かるわ、リス」

「おいおい、俺は全然分からないが……」

「リスがあなたの助手になってもいいっていうことよ」

「それが俺のメリットに？」

「そうよ。今回のような大きな美味しい仕事はそんなに無いでしょ？」

「ああ、まあ……。どちらかと言うと迷子の猫を探してとか……！」

「でしょ？」

「あ！……そういうことか」

「凄い味方よ。実際、私だって助けられているわ」

「猫、居場所、ネズミ、敏感」

「……わかったよ、協力しよう」周りのネズミが、

「チューチュー」と歓声を上げてタカセに寄って来た。

「ちょっと待て！　協力するが、俺はネズミが苦手なんだ！　君たち、慣れるまで時間をくれないか?!」

「アハハハ……確かにそのようね」メドベージェワが久しぶりに笑った。

（俺にとっちゃー、笑いごとじゃないよ……。とにかくネズミと手を組むなんて、何か怪しい展開になってきたなー……）と思いつつ、メドベージェワの笑顔が輝いて見えていた。

看板、変えようか？

「ただ、君の命はゴンドウ組に狙われている可能性が十分ある。っていうか、確実に狙われているだろう。奴らが動き出したら警察も手が付けられないからな」

「ゴンドウ組は会ったことはないけれど、良くない話は聞いているわ。外でうろついている連中も大半がゴンドウ組ね」

「ああ、そうだ。タトゥーを入れた警官なんか居ないからな。これからどうするんだ？　ここもいつまでも安全ってわけにはいかないぜ？」

「分かってる、早く決着をつけるわ。まずはゴンドウ組との関係を切り離さないと」

「だろうな。奴らがいたんじゃ、俺も動けないし。だが、どうやって切り離すんだ？捕まったら終わりだぜ？　多分、今の状況では生かして捕らえるなんて甘い考えはないだろう」

「関係暴露、関係終わる」

「リス、またテレビを利用するの？　うまくいくかしら？」

「本物警察、動かす」

「ええ?!」２人は大胆なリスに驚いた。

「録音流す」

「何の録音を？」

「ゴンドウとの会話、探偵得意」

「おいおい、待てよ、俺だって命は惜しい。そんな危ない橋は渡れないよ」

「危ないこと、こちらでやる」

「ふ〜（すでに危ない橋をわたっているな〜……）」

ネズミの情報でタジマがゴンドウを操っている事を突き止めていた。探偵から盗聴器を借りてタジマの部屋に忍び込んだ。椅子に座っていたタジマが人の気配を感じ、振り向くと、メドベージェワが立っていた。

「お、お前は？　なぜ!?……」

「ふん！」

バシ！

身体能力も強化されたメドベージェワの一撃でタジマはあっけなく床に倒れた。盗聴器を取り付けると、ネズミになり部屋を出て行った。

外の車ではタカセがスタンバイしていた。

「ぐ、イテテテ……」タジマは辺りを見渡して立ち上がり、

「あの女、許せぬ！」すぐにゴンドウに電話を掛けた。

「ゴンドウ組ですが」

「トクガワのタジマだ！　ショウダイは居るか？　早く出せ！」すると、

「これはこれはタジマさん、お気が早いですな？」

「あの女が現れた。すぐにメドベージェワを殺せ！　すぐにだ。ほうびは上乗せしてもいい」

「は！　おまかせを」

車の中ではタカセが、

「完璧だ！」と言って車を出した。

(快感！）タカセはこんな仕事?をしたかったことに気付いたようだ。今までの仕事で失っていたプライドがよみがえったように思えた。

翌日、メドベージェワが警官に成りすまし、録音したテープを大手新聞記者に直接届け、

「警察の内部告発です。これを流してもらえませんか？」

担当者は警察が直接来るなんてただ事ではないと判断したのか、テープの内容を聞いて、

「これは特ダネだ!!　何処から入手を？」と聞く頃には警官は消えていた。

社内はスクープで報道を急きょ差し替えた。


人の命に関わる出来事に警察はタジマに任意聴取を伝えたが姿をくらましていた。

ゴンドウ組のショウダイも身を隠していた。当然、うろついていたゴンドウ組の警官姿も消えていた。

「こんなに愉快な思いをしたのは学生時代以来だ」タカセが歯茎を見せながら言った。

「のようね。これでネズミを見直したでしょ？」

「あ〜、見直したが……、今はまだ苦手で、オフィスで数匹うろつくのは仕事に差し支えるんだけど（まあ、お客はめったに来ないけど……）」

アジトから移り、タカセの事務所にお世話になっていた。

「ところで掲示板に貼っている写真って、ほとんどが猫ね？」

「ああ、人間を探すより難しく、手数料も少ないときている。これが売れない探偵事

務所の実情さ」

「大丈夫。これから売れるわよ」

「うん？」

「強力な助手がいるじゃない？」メドベージェワの言う通り、リスたちの働きで、猫探しの依頼が飛ぶように解決していった。猫を見つけると罠を仕掛けた場所まで逃げるように誘導していって捕りカゴの中に逃げ込み、猫が飛び込んできた時、ネズミしか通れない出口から出て行き、入り口が閉まる仕掛けだ。

　これにはタカセも、

「はあ……、看板を変えようか？〝猫探し事務所〟に」

「いいかも？」とメドベージェワの飛びっきりの笑顔が返ってきたので、

「あのー、今のは冗談だからね」と笑っていた。

　猫探しの評判が広がり、「それなら人探しも」という仕事も舞い込んできだした。

その頃にはタカセのネズミ嫌いも治っていた。

ハント

「それでと、君の方の解決はまだだったな」

「ええ、ジュンは何処かに移されたようだわ」

「それならリスがトムたちを連れて探っているよ」

「トム？」

「ああ、ほら、手足の長い奴」

「あなた、もしかして名前を付けているの？」

「そうだよ、相棒だからな」

（すごい変わり様……）

　依頼人が増えてきて、事務所にお客の出入りが多くなったから、隣の空き家を借りて、そこに住まわしていた。リスがしつけの係も兼ねている様で、タカセにはなくてはならない存在になっていた。

1本の電話が入った。

「もしもし、タカセ探偵事務所ですが」

「わたしだ、最近連絡してこなくなったじゃないか?」相手はイチロウだった。タカセの仕草でメドベージェワにも伝わってきた。もう一つの子機を取って会話を聞き始めた。それを見てタカセが話を進めた。

「す、すみません。最近体調が悪くて……」

「タジマの話はどうなった? 進めているのか?」

「あ、はい。奥様を一時は突き止めたのですが、姿を消されました」

「もう、あの女は妻ではない」その言葉を聞いたメドベージェワが反論しそうになったので、タカセが手振りで沈めていた。

「ところで、お子さんは大丈夫なのですか?」

「さすがはわたしの子だ、聞き分けがいい。あまり口数が少ないが言うことを聞く」

(こいつ、子供のことを何も理解していないわ!) メドベージェワは唇を噛《か》むようにして抑えていた。

「何処かへ移されたのですか?」

「シモキタの別荘だ。どうしてそんなことを聞く?」

「いえ、自宅のマンションに現れたと、情報が入っていたもので……」その問いがメドベージェワの心を静めていた。

「とにかく見つけ出してくれ。報酬は弾《はず》む」

「分かりました」と言うと受話器をそっと戻した。それを確認したメドベージェワは爆発するように、

「あの男が父親なんて、ジュンがあまりにも可哀《かわい》そうだわ！」

「そうだな……。シモキタの別荘は？」

「知っているわ、何度か行ったことがあるわ」

「それならまた会えるじゃないか」

「ええ、ありがとう。でもあそこは陸の孤島みたいで、守りは堅いわ」

「……じゃあ、リスたちにこの件を伝えておこう。彼ならいい案を出してくれそうだし、君も事務所内だけでは退屈だろう？　外に出るいい機会だよ」

「そうね」望みがありそうなタカセの言葉に白い歯がこぼれた。

　忙しくなったタカセの手伝いで、経理をメドベージェワがこなしていた。研究とは違い、人助けに協力をしているように思えて楽しかった。もちろん人前に出る時は変装して、相談にも応じていた。親切丁寧で親身になって聞いてくれる助手としても人

気が出ていた。仮名はウサギーで通していた。今まで研究で得たノウハウも生かしていた。

「メドベージェワ、ちょっと人前に出過ぎじゃないか？」タカセは心配だった。

「ここではウサギーですから、気を付けて」

「ああ、そうだったな……（でも、どうしたらこんなに違って見えるのだろう？）」

最近、化粧だけではなく、体型までもふっくらとさせて、まるで別人のように見える。メドベージェワは自分の意志で体型を変化させられることに気付いていた。

（これならダイエットで悩む必要はないわ）やっぱり彼女は女性である。

キンコ～ン。

「はい、どうぞ」

「ウサギーちゃんはみえる？」

「何でしょうか？」

「あなたじゃないわよ、ウサギーちゃんをお願いするわ。このドレスのシミが落ちないの」

「ああ、……わかりました。お待ちください」

「あら？　ザギトワ様、どうされました？」メドベージェワの登場にハイトーンで、

「ウサギーちゃん、ちょっと見てくれる？　私の一番お気に入りの大事なこのドレスにシミが付いちゃったのよ。クリーニングに出しても落ちないの、どうにかならない？」

「見せてもらえます？」白とピンクをあしらった図太いドレスだった。

「あ〜、これならいい方法がありますよ」

「本当！　助かるわ〜。シミを無くしてくれたら、お代は弾むわよ」

「お任せください！　社長、レモンありますか？」バイオ研究にも携《たずさ》わった経験でこんな問題はお茶の子さいさい！

「冷蔵庫に確か……（最近、この手の依頼が多いんだよな〜。うちは〝探偵事務所〟なんだけど……）」すると願書に書かれたプロフィールを見て、

「ええ？　まさか、オダ製薬専務の奥さん？」

「そうよ、お薬のことなら何でもお任せあれ」

「ど、どうも……（メドベージェワは知っているのかな？　ライバル会社の人って。それにしても漢方薬でのダイエットは……無理？）」

　数分後。

「ザギトワさん、これでどう？」と言いながらドレスを見せた。

「あら？　本当にシミがなくなっているわ……確かこのあたりだったけど……。合格

よ！　で、どうやったの？」

「この手のシミは意外とレモンの皮に含まれる成分で分解できるのよ」

「そうなの？　うちの人もあなたのような方を探していらっしゃるのよ。どう？　うちに来ない？　旦那に頼めば、即、採用よ」

「はい？」タカセが、

「知らなかったのか？　この方はオダ製薬さんの専務の奥さんだよ？」

「……はあ（知らなかったわ）」

「旦那が言うのよ、今、ここぞという時だって。大きくライバルを突き放すチャンスなんだ、新しいアイデアが必要だって。だから他の製薬会社からもトクガワからもハントしているのよ。こんなちっぽけな所じゃなくて、うちに来なさいよ」

「（ちっぽけは余計だ！　当たっているけど……）奥さん、本気なんですか？」

「本気よ、あなたからも頼んでよ。新しい助手は私が何とかするからさー」とタカセを訴えるように睨《にら》んだ。

「ああ……、分かりました。その件は後ほどご連絡いたします」

「お願いね」と釘を刺して出て行った。

「メドベージェワ、どうするんだ？　元ライバル会社だが……。身元がバレるのは時

料金受取人払郵便

新宿局承認

1408

差出有効期間
2021年6月
30日まで
（切手不要）

郵便はがき

1 6 0-8 7 9 1

1 4 1

東京都新宿区新宿1－10－1

(株)文芸社

愛読者カード係 行

ふりがな お名前		明治 大正 昭和 平成 年生 歳	
ふりがな ご住所			性別 男・女
お電話 番 号	（書籍ご注文の際に必要です）	ご職業	
E-mail			
ご購読雑誌（複数可）		ご購読新聞 新聞	

最近読んでおもしろかった本や今後、とりあげてほしいテーマをお教えください。

ご自分の研究成果や経験、お考え等を出版してみたいというお気持ちはありますか。

ある　　ない　　内容・テーマ（　　　　　　　　　　）

現在完成した作品をお持ちですか。

ある　　ない　　ジャンル・原稿量（　　　　　　　　　　）

書　名			
お買上 書　店	都道　　　　市区 府県　　　　郡	書店名 ご購入日	書店 年　　月　　日

本書をどこでお知りになりましたか？
1.書店店頭　2.知人にすすめられて　3.インターネット（サイト名　　　　）
4.DMハガキ　5.広告、記事を見て（新聞、雑誌名　　　　）

上の質問に関連して、ご購入の決め手となったのは？
1.タイトル　2.著者　3.内容　4.カバーデザイン　5.帯
その他ご自由にお書きください。
（　　　　）

本書についてのご意見、ご感想をお聞かせください。
①内容について

②カバー、タイトル、帯について

弊社Webサイトからもご意見、ご感想をお寄せいただけます。

ご協力ありがとうございました。
※お寄せいただいたご意見、ご感想は新聞広告等で匿名にて使わせていただくことがあります。
※お客様の個人情報は、小社からの連絡のみに使用します。社外に提供することは一切ありません。

■書籍のご注文は、お近くの書店または、ブックサービス（0120-29-9625）、セブンネットショッピング（http://7net.omni7.jp/）にお申し込み下さい。

間の問題だ。吉と出るか凶と出るか、ここは大きな転機かもしれないぞ？」

「そうね、リスにも相談してみるわ」

「はあ……、こんな大事なことをネズミに相談か……、俺も落ちたもんだ」

「それは違うわ、リスたちの情報が偉大なだけよ」

「あまり、慰《なぐさ》めにならないんだけれど……」

「私だってそうなんだから、ね？」とメドベージェワに笑顔で言われるとタカセは何も返せなかった。

そっちかい！


「オダ製薬……」

「どうかしたの？　リス」

「オダ、苦手」

「どうして？　トクガワのことを思えば……」

「オダ、ネズミ近寄れない」

「意外ね、オダもモルモットのネズミを使っているの？」

「使い方、違う。でも強力」

「何が？」

「ネズミの嫌いな音、臭い、毒の罠、ネズミ退治、とても危険」

「そんなこと、初耳よ、知らなかったわ」

「害虫の研究も進んでいる、ネズミ仲間で〝悪魔〟言っている」

「タカセさん、知っていました？」

「ああ、俺も時々、使っていたよ。あれって結構効き目があったなあ。東洋の神秘というのも科学的に実証されているのか……。だが今回はリスでも手ごわそうだな」

「オダ、利用、元の生活、手に入れる」リスの意外な言葉に2人は、

「え!?」驚きの声を上げた。

「どういうことだ？」

「メドベージェワ、オダの正社員、テレビで流す。トクガワ、手が出せない」凄いシナリオに2人は口を開けて聞いていた。

「打ち合わせ、必要……」リスに2人は吸い寄せられていった。


メドベージェワはオダ製薬の待合室に通されていた。履歴書を見てオダはどう出て来るか待っていた。

「お待たせしました」ドアから入って来たのはザギトワの旦那、ヤナギイチ専務だった。

「うちの家内から聞いていますよ。確かウサギーと言っていたが偽名だったようですな。それもトクガワの研究リーダーを経験していたとは。家内もとんだ大物を引っ

張ってきたもんだ」

「やっぱり駄目ですか？」

「いや、大歓迎だよ。それより君は大丈夫なの？　噂では旦那さんが……」

「もう夫ではありません。それに命まで狙われています」

「ま、まさか？」

「会社にとって不利益であれば、お断りされてもいいのですよ？」

「……覚悟は出来ているようですな。分かりました、あなたの経験がオダには必要です、それが手に入るのであれば大歓迎です」

「では、私の身もトクガワからお守りいただけますか？」

「勿論ですとも、大事な社員を傷つけられたくはないですからな」

「嬉しいお言葉です」

「それではメドベージェワ、宜しく頼むよ。我が社の研究員たちに伝えておくから」

「入社をさせて頂くからには、新入社員扱いでお願いします」

「君は性格も合格だよ、早速、研究室に行ってもらうよ。いいかね？」

「ええ」

案内された研究施設は別の建物だった。そこは漢方とは程遠いハイテクノロジーに満ち溢れていた。

（イメージと違い過ぎるわ……それに冷たい視線）メドベージェワを見る目が冷ややかに感じた。

「ここで待っていてください」と言うと号令もなく、研究員たちが集まってきていた。どうやら端末を通じて連絡が伝わっているようだ。

「みんなも知っているだろうが、改めて紹介します。メドベージェワさんだが、パートナーになりたい者は手を挙げてください」

（わ！　いきなりの展開？　挙げる人はいないでしょ？）と思ったら驚いた。全員手を挙げていたのだ。

「困りましたねー、パートナーは1人までですが……」

「私と組まさせてください！」と大きな声で言う者が居た。

「名前と理由は？」

「アキコです。今、私はスランプから抜け出せません。ですからお力をお借りしたいと、ぜひぜひ希望します！」

「いいだろう。メドベージェワ、いいかね？」

「はい、私でよければ」

「じゃあ決まりだ。アキコ君、後は任せるからね。期待しているよ」

「はい、有難うございます」

「それじゃあ仕事に戻ってくれ」

アキコの方から近付いてきた。

「アキコです、メド……ベージェワさん」

「ウサギーでいいわ、宜しくね。ところでアキコはどういった研究を?」

「あ、はい。メド……、ウサギーもきっと呆れるかもしれないけれど、私は取り組んでいる課題は〝ゴキブリをハウスの掃除屋さんにする〟っていうのがテーマなの」

「ええ!?」

「驚いた?　今から案内するわ、私の研究に皆が避けているの。だから隔離状態。こっちよ、この部屋がそうよ」

（私、無理！）

「さ、遠慮せずに入って」と言いながらドアを開けた。

「わ、わかったわ（ゲ!!　いる！　それも沢山……）」ゴキブリの入ったガラスケースが沢山並んでいた。

「ここにいるのはほんの一部よ、世界には４０００種以上も生息しているのよ」

（よ……４０００種！）

「ほら、これなんてキレイな色をしているでしょ？」

「あ、……うん（でもゴキ！）」それはコガネムシのような色をしていた。

「私が近付くと、ほら、寄って来るでしょ？」

「うわ！　ほんと（キモイ！）。でもどうして？」アキコはゴキブリがへばり付いているガラスの部分を指で撫でながら、

「ゴキブリは昆虫の中でも、いや、この世でも賢い生き物よ。だから懐《なつ》くの、知人でペットにしている人もいるわ」

「（ぺ、ペット？）はあ……」

「信じられないけど、ＩＱだって人間の３倍以上もあるそうよ。考えてもみて、もしもゴキブリが木に留まって樹液だけ食べていれば、カブトムシやクワガタと同じ扱いをされているかもよ？」

「はあ（それはどうかな～）」

「しかも食用にも適しているのよ」

「え!?　食べたことあるの？（リスから、栄養豊富な食べ物と聞いていたけど……）」

「そんなことできないわよ」

「そ、そうよね（ホッ）」

「可哀そうで」

（そっちかい！）

正　論

タカセがメドベージェワに、

「どうだった？　正社員になれたのか？」

「ええ……」

「それは良かったじゃないか、でも、うかない顔だな」

「恐ろしいところだわ」

「そ、恐ろしい」とリスも相槌《あいづち》を打った。

「何が？　リスが言うのは理解できるが、君がどうして？」

「ゴキがいっぱいいるのよ！」

「ゴキって、ゴキブリか？」

「ほんとか？」喰いついてきたのはリスだった。

「ちょっとリス！　よだれが出ているわよ。私の姿でよだれを出さないで」それでもリスの目は輝いていた。

「リス、まさかゴキをポケットいっぱいにして持ち帰って、なんて思っていないでしょうね?」

「なぜ、分かる」

「あなた目が語っているわ……(精神的に疲れたわ……)」

「とにかく正社員になる目標は叶ったんだから、次の手を考えないと」タカセの言葉に、

「今日は何も考えが浮かばないわ、思い出したくもないし。だってパートナーのアキコは〝ゴキブリの体皮の成分はキチン質(キチンキトサン)であり、人間の肌を活性化させる成分が多く含まれているのよ〟って信じられないことを口にするのよ。ゴキをお肌に塗りつけるなんて考えただけでも……(ゾ〜〜〜!!)」両肩を手で抱えて身震いしていた。

「そうか、でもこの俺も嫌いなネズミを克服したんだから君もきっと」

「無理!」きっぱりと否定した。

「……とにかく祝おうじゃないか。なんか食べにでも行こうか?」

「いい、今日は食欲が湧かないわ」と断った。

「僕、食欲湧いてきた！」リスはお腹いっぱいにゴキブリを食べる光景を浮かべていた。その様子を見たメドベージェワはもう一回身震いした。

気が進まないが翌日から勤務に向かった。

「ウサギー、おはよう」

「おはよう」

「今日は来てくれないかと思ったわ。だって私が説明すると顔色がだんだん悪くなっていくんだもの」

「あ～、確かにちょっと迷ったわ。でも何とか（なるかなあ……）」

「徐々に慣れるわ。それで今日は私の研究目標を伝えるわ」

「はあ……（ゴキの研究じゃあ、強力な秒殺殺虫剤の完成しか思い浮かべないわ）」

「この子の脳みそよ」と言いながらケースに近づくと、ゴキブリたちが近寄ってきた。

「(うわ～……)、脳みそ?」

「こっちに来て、ちゃんと説明するから」手招きしていた。恐る恐るメドベージェワが近付くとガラスにへばりついていたゴキブリが一瞬で離れていった。

「あら、もしかして?」アキコはメドベージェワの匂いを嗅ぎにきた。

「ウサギー、駄目じゃない」

「え？」

「その香水はマズイわ。ミントの匂いは、この子たちの一番嫌いな臭いなのよ」

「そうなの？（ラッキー！）」

「今すぐに消臭剤をスプレーして」

「（いやだわ）……わかった」

消臭スプレーを渋々浴びたメドベージェワが近付いてもゴキブリは逃げなかった。

「で、先ほどの続きだけれど、彼（ゴキブリ）らは恐竜が全盛期以前から生存していたのよ。つまり、どんな状況でも絶滅しなかったってこと」

（とても残念だわ……）

「彼らの行動する場所を考えてみて？」

（あまり考えたくないわ……）

「病原菌の温床でも平気で行動しているわ」

「（だから嫌なの）……そうね」

「それはね、とても大事なことよ。人間なら病原菌に侵《おか》されてすぐに病気になってしまうわ。でも彼らが平気なのは体から抗体物質を出して防いでいるからなの。特に脳は細菌に侵されないように特殊な抗体を形成しているってこと」

「(とても厄介な生き物だわ……)で?」

「その抗体を人間に応用するのよ。画期的でしょ?」

画期的過ぎてメドベージェワは目まいがしてきた。

「そうすれば脳の障害に悩んでいる人たちの病気を未然に救える新たな可能性の新薬を作れると思うの。素晴らしいでしょ?」説明している時のアキコの目は輝いていた。

「ああ、ちょっと待って(あまりにもハードな思考に付いていけないわ)、それと漢方薬との関係は?」

「それを突き止めるのにあなたをパートナーに選んだのよ。力を貸して! 漢方だけの知識では目標達成は困難、いや、無理だわ」

(私の知識でも無理だわ……、だってゴキだもの)

「ただ、研究費も今月中に結果を出さないとストップされ、研究は……。この子たちも殺処分されるわ……」と悲しい表情に変わり、ガラスケースをまた指で撫でていた。

「(はあ~……)わかったわ、とにかく研究費のストップだけでも阻止しないと。今までの研究結果を見せてもらえる?」するとアキコの表情も戻った。

気が進まなかったが、アキコの研究熱意に共感するところもあった。それも最終的には人間を助ける結果に繋がるのだから。

「よくここまでデータを取ったわね」メドベージェワが感心すると、

「その分、彼らの命を奪ったわ」

「そうね……（ゴキをリスたちネズミのレベルにまで感情をもっていくのに、私にはもう少し時間が掛かるわ）ところで〝ゴキブリをハウスの掃除屋さんにする〟ってテーマは？」

「う～ん、そっちの方が時間が掛かりそうだし、皆の話だと無意味な成果よって言われるの、私はいけると思うんだけれどな～」

「（皆の方が正論ね）とにかく、そちらの目標は研究費の補助が出てからでもいいんじゃない？」

「……分かった」

恩返しの言葉

「お疲れ。でも気を付けた方がいい。オダへの入社は彼らの耳にも入ったようだから、いつ襲われてもおかしくないぞ」タカセが心配そうに言った。

「通勤は変装していくわ」

「ま、リスの作戦が終了するまでの辛抱だ」

「分かってる、ありがとう」


しばらくしてあることに気付いた。

「アキコ、オダ製薬からゴキブリを退治する罠が発売されているけど？」

「そうなの、〝ゴキブリせん滅作戦〟でしょ。研究所内のライバルが私のデータから彼らの好物の臭いと味、神経伝達の仕組みなどを盗んで完成させたのよ。当然、会社からは奴らに報酬と研究費が沢山出ていたわ。思い出しただけでも腹が立つ！」

（私はそちらの方が正解だと思うんだけれど……。これがリスが〝恐ろしい〟と言っていたわけね、研究者同士の争いは私も経験してきたけど……）

2人は研究を続けた。今までのデータで脳に感染する細菌を、死滅させる抗体物質をメドベージェワが特定させたのだ。

「凄いわ！　ウサギー」

「喜ぶのはまだ早いわ。ゴキブリのように人間の臨床実験は簡単にはたどり着かないわ。とにかく、この物質を抽出して培養しないと」

「わかったわ。ねえ、この物質に名前を付けましょう」

「それは任せるわ」

「じゃあ、あなたの名前を……ウグ！」メドベージェワはアキコの口を手で押さえて
「ちょっと待って！　それは断るわ。絶対ダメ」

「ええ？（とても光栄なことなのに？）」

「（ゴキの物質に私の名前を付けられては、たまらないわ……）別の名前を付けて。それと薬がどんなに効果があっても、ゴキブリから抽出した成分をそのまま使うのに世間は取り入れてくれないわよ」その言葉を聞いてアキコは両手で頬を押さえながら
「そうなの？」

「（そうなの？　って）そうなの！　最終的には同じ成分を漢方から割り出さなきゃ」

「あ～む、分かりました……」

（本当に理解しているのかな～？）メドベージェワは不安を残しつつも研究を続けた。

　研究成果の発表用に、どうしても臨床実験が必要になってきた。

「はあ～、トクガワでは行えた実験でもオダでは高い壁だわ……」腕を組んで悩むメドベージェワにアキコは、

「私を使って！」

「ええ!?　マジで言ってるの？」

「だって時間がないもの」

「それはそうだけど……（まだ漢方じゃないわ。ゴキのエキスよ？　ゴキの）。あなたは病気じゃない、正常な（ちょっと変わっているけど）人間よ」

「だからまず、正常を保てるかどうか知りたいの」

「（あなたはすでに正常じゃないかも……）ふう～……、分かったわ」

　強引だが話は決まった。

　アキコに脳波や色んな計測器を取り付け、アキコが名付けた〝ドリーム液〟を注入

した。

　データには変化は検出されなかったがアキコが等身大のゴキブリに見えた。

「ヒッ！」メドベージェワは目をこすって見直した。

（ビックリしたわ……）目の前にいるのはメドベージェワの表情を見て不安そうな顔をしているアキコだった。メドベージェワの頭には〝ゴキのエキス〟が染み渡っていた。

「ああ～、大丈夫よ、アキコ……」こわばった笑みを返して見せた。

「じゃあ、そこにあるモノを注入して」と指で指した。

「何なの？」

「重度の病原菌、ノロウィルスよ」

「ノロウィルス!?　脳だけのダメージじゃあ済まないわよ？」

「あ～む……、それは脳だけに影響するウィルスに改良しているの。いつかは必要だと思ったのよ」

「はあ～、あなたはそうとうな研究馬鹿ね？」メドベージェワは自分を見ているようだった。

「あ～む……、成功すれば天才に見られるわ」

「んん～……、ほんとに馬鹿よ……」涙が出てきた。

「本当にやるの？」メドベージェワが再確認すると、

「彼らの命が掛かっているのよ？」と返ってきた。

（なぜ自分の命とゴキの命を一緒にするのよ？）

「お願い、でなければ、自分でするわ」

「……本気のようね……」メドベージェワはウィルスの容器に目を留めて、しばらく黙っていたが、

「分かったわ、でも条件があるの。このウィルスのワクチンを先に作ると約束して」

「……ありがとう、わかったわ」

2人はワクチンを入手して改良した。このことをリスたちが聞いて、

「実験、僕たち、受ける」

「死ぬかもしれないわよ？」

「信じる、恩返す」

「あなたたち、いいの？　恩はとっくに返してもらっているのに……」

ごめんね、リス

そして実行に踏み切った。

ネズミ100匹の内、1匹だけ手足に少し麻痺が残ったが重症には至らなかった。

「ご褒美《ほうび》にゴキブリたちをねだっても駄目よ」とアキコが嬉しそうに人差し指をネズミたちに振っていた。

「しかし、びっくりしたわ。ウサギーがネズミと仲がいいって。隊列を組んで部屋に入ってきた時には驚かされたわ。IQが高い彼ら（ゴキブリ）でもできない芸当よ」

「ああ……、色々あって……」

まさか人類の生存にネズミとゴキブリが関わっているとは世間も知らないだろう。

だがメドベージェワは、

「アキコ、頼むからゴキの繁殖を抑えてもらえない？」ゴキブリはメドベージェワが来てから10倍も増えていた。

「それは開発ができているわ。この紫外線から取り出したビームを当てると繁殖しないのよ」

「な！　どうしてそれを早くアピールしないの!?」

「だって〜」

「だってじゃないわ！」もう呆れるしかない。

漢方の知識があるアキコは色々な成分を組み合わせ、殺菌力を持つ因子を作り、カプセルに調合した。

「さ、出来たわよ。試しましょ！」アキコはウキウキした表情で言った。

「試しましょって……」

「もち、ウサギーも」

「ええ?!　私も？（なんだか気持ち悪〜）」

「漢方だから大丈夫！　無香料、無着色、味付けなし」

「（どんな臭いと味付けなのよ……、余計に気持ち悪いことを言わないで……）ぐえ〜」メドベージェワは鼻をつまんで漢方を一気に飲み込んだ。

変化はなかったが、メドベージェワは自分の体を舐めるように見回した。実はその後メドベージェワに副作用が起きることに。

「そんなに見なくても大丈夫よ、彼（ゴキブリ）らだって……」

「一緒にしないの！　ね、それより頭から触覚とか出ていない？」

「それは、あ！　出ている」

「え〜え!!」

「あ、寝癖だった」

「もう、おバカ」と言いながら、とがった寝癖を直した。

研究レポートも仕上がり、提出された。すると会社から高評価され、研究費が出て臨床実験までこぎつけた。

臨床実験で募集して、脳に細菌でダメージを受けた人や、認知症やダウン症患者たちを対象におこなわれた。臨床実験では成果を早く出すためにカプセルではなく点滴投与を用《もち》いた。

結果は身体への影響はマウス実験で示した通り、問題はなかった。知力テストで多少ながら実験前よりも改善を見せ始めた。2人は大喜び。

「これで彼らも……」アキコはゴキブリが寄ってきたガラス越しに指で撫でていた。

それをメドベージェワが見つめて、

（私にはまだ越えられない壁があるわ……）とつぶやいた。

　メドベージェワは押しも押されもしない正当なオダの正社員として、その功績を報じられた。もうトクガワに怯えることもない。彼女には世間という強大なバックアップが付いたことになる。

「ママ！」ジュンもテレビを見て大喜び。世間はイチロウから息子をメドベージェワに親権を譲る働きが出て、無事にジュンが戻ってくることになった。

「良かったな」

「チャンスをくれたタカセのおかげよ」メドベージェワがまたとびっきりの笑顔を見せた。

「（その笑顔には弱いなあ……）それはお互い様だよ、俺も人生の価値観を取り戻すことができた。君には感謝している。おっと、リス君たちにも」机に乗ったリスたちが、

「僕たち、良かった、感謝忘れない」

「なんかお別れみたいに言うのね……え?!　ネズミのましゃべれるの？」

「薬の影響」どうやらＩＱが上がったようだ。

（ゴキパワー、凄！）メドベージェワは笑みをとりつくろった。

「ここを引っ越す、仲間、増え過ぎ、迷惑掛かる」

「それならアキコが開発した繁殖を抑える例のビームを試してみたら？」

「それできない、ネズミ、命短い、繁殖、命」タカセが眉毛をハの字にして、

「じゃあ、お別れなのか？」

「一部残る、これ子供、紹介する」

「ええ？」10匹いた。そのうち2匹が小さく針が出ていた。すると目を赤くしてガニ股のメドベージェワが2人現れた。

「心配ない、ガニ股、直す」とリスが付け加えた。

「助手の跡継ぎができたわね」

「ああ……リス君は？」

「命、あと半年」

「……」2人は返す言葉が出てこなかった。ネズミの寿命は短いのだ。

ネズミたちは夜に古巣へ大移動を決行した。メドベージェワとタカセも猫に襲われないように同行した。

数日後、探偵事務所に近いアパートでジュンに会える日が来た。

「ママ！」黒い車からジュンが走ってきた。

「ジュン！　会いたかった。よく我慢したわね」2人はきつく抱き合った。

「うん」黒い車からイチロウが見ていたがジュンは振り向きもしなかった。

「（いつか取り返してやる！）車を出せ！」車は去っていった。

部屋の玄関でタカセが待っていた。手にはハリネズミが乗っていた。

「こんにちはジュン君、タカセだ、よろしく」

「ママの知り合い？」

「そうよ、ママを助けてくれた人とネズミよ」

「ネズミ？……」以前、マンションに会いに来た時、ネズミから変身した母のことを思い出した。

「……こんにちは」タカセとネズミに挨拶した。タカセの肩にも一回り小さなネズミが乗っていた。

「ネズミ男みたいだね？」

「ネズミ男？　俺はそんなに臭くないぞ。ハハハ……ネズミ男はいい」するとハリネズミの目が赤くなり、メドベージェワに変身した。

「すごい！　ママが２人」小さなハリネズミも目を赤くした。現れたのはジュンだった。

「ええ？　僕が２人」

「遊ぼう」

「……うん」すぐに打ち解けた。メドベージェワが扉を開けると3人は大はしゃぎで入っていった。

「実験、ネズミ、賢くなった」

「そうね」

「ペットとして売る」

「ええ？　どういうこと？」

「ペットになる、それ幸せ」リスはゴキブリ退治になるネズミを部屋で放し飼いにして、ご主人が戻る頃、自分でカゴに戻り愛されるペットとして生きる将来を確保しようと提案したのだ。

「あなたのような大統領だと国民もきっと幸せになれるわ」

「メドベージェワ、いなければ、考えなかった」

「ありがとう……、あなたにそう言ってもらうと嬉しいわ」

メドベージェワの幸せな新生活が始まり、数ヶ月後。会社から帰ってきたら、部屋の片隅にハリネズミが倒れていた。子供たちはまだタカセ事務所から帰っていなかった。

「リス！　どうしたの？　返事して？」両手で机に乗せ、

「しっかりして、今から子供たちの所へ行きましょ」

「チュー……」それが最後の言葉だった。

「リス！　なんて言ったの、リスー!!」メドベージェワは大粒の涙をポロポロと落とした。

　タカセに連絡を入れると、すぐに子供たちを連れて駆けつけた。

「メドベージェワ！」と声を掛けると首を横に振りながら腰を落としていた。タカセはそっとメドベージェワの肩を抱いた。

「最後に何を言ったか分からなかった……」するとハリネズミの子供が、

「きっと、〝ありがとう〟って言ったと思うよ」と言った。

「そうなの？……私ったら最後まで……」

「おい、どうした？　誰と話しているんだ？」

「え？」

「ネズミからは〝チュー〟しか聞こえないぞ？」

「え？　でも……」

「父さんがいつもメドベージェワに感謝しているって」確かに聞こえる、ネズミにならなくてもネズミの言葉が理解できた。

（私の気が動転していなければ最後の言葉を理解していたかもしれない。ごめんね、リス。そしてありがとう）

近くの公園に埋葬した。

しばらくしてタカセから、

「資格が取れたぞ」と連絡があった。

「それじゃあ」

「ああ、これでペットショップも開業できる」

2人はリスの意志を受け継いだ。彼の子供も受け継いでいた。そして例の19334は古巣のリスのいた巣の中に転《ころ》がっていた。

策　略

　トクガワはまだ諦めたわけではなかった。

「新薬はどうしても取り返せ」

「しかし社長」

「会社の存続が掛かっているのだ、例の連中を使ってでも取り返すのだ。これは社運のかかった命令だ、タジマ」

「はっ、社長……」

　タジマが変装をしてクラブの楽屋でゴンドウ組と接触していた。

「タジマさん、似合いますよ、その作業服」とショウダイが笑うと、

「何がおかしい！　お前たちが早く事を済ませないからじゃないか！」とかぶっている帽子を机に叩きつけた。

「ちょっとタジマさん、我々はウィンウィンの関係ですから、あまり命令調で言わな

いでください。わたしが我慢できても若い者がね……」

「どういう意味だ？　まあいい。今度のターゲットは人間ではない、我が社が研究中の新薬19334だ」

「新薬？」

「そうだ、このような容器に入っているはずだ」と言って懐からビーカーを出して見せた。

「その新薬の効果は？」

「研究中で分からない」

「何処に？」

「メドベージェワが持っているはずだ」

「彼女が……」

「やり方は任せる」

「彼女を葬ると世間は黙っていません、わたしどもも悪影響を受けますからね。今回の依頼、高くなりますよ？」

「分かっている。支払いは完了してからだ」

「分かりました。余程貴重な新薬のようですな……」

「……」タジマはショウダイに足をすくわれないように考慮が必要になった。

ゴンドウ組がまた動き出したことに気付かないメドベージェワは子供を学校に送り、いつものようにオダの研究室に通勤していた。

「おはよう、ウサギー」

「おはよう、アキコ」

「そういえばウサギーがトクガワ製薬で研究していた育毛剤って？」

「ああ、ここだけの話だけど、あれは新薬の副作用よ」

「え？　じゃあ研究は途中なの？」

「そうだけど、どうして？」

「どうしてって、研究者なら悔いが残るわ」

「もういいの、ここでアキコと研究できることに感謝しているわ」

「もったいない、研究は続けるべきよ」

「そうかしら、あまりにも犠牲を出し過ぎたわ。あの研究には後悔しているの」

「後悔だけ？」

「あ〜む……、おかげもあるけど……」

「じゃあ、なおさら進めるべきよ、私が手伝うわ」

「ありがとう、でも本当にいいの」

「そう？　考えが変わったら言ってね」

「うん……」

数日後、研究室に入ると、

「え!?（ゴキブリがいない……、代わりにネズミが……）どういうこと？　研究室が移転したのかしら？」すると奥からアキコが、

「おはよう、ウサギー」

「え!?　アキコ、これどういうこと？　ゴキはどうしたの？」

「私、ゴキブリを卒業したの！」

「卒業？……」アキコの変身ぶりにも驚いた。地味だった研究服姿が多額の報酬で手に入れたアクセサリーなどでやたら派手に見える。

「実は会社から新たな研究に取り組むように言われたの」

「だって、研究成果は出ているのだから……。それにまだ達成していないわ」

「ウサギー、私は研究者よ、常に殻を破らないと」

「でっ、ゴキは？」

「こいつらの餌にしたわ」とネズミを指差した。

（可哀そうと思ったのは私が少しでもゴキに情が移ったから？……）

「ちょっと食べられている姿を見るのは辛かったけどね」との言葉に、

「信じられないわ……」

「あなたと同じ研究者だからよ」

「そんな言い方はやめて！」

「あなたにとって嫌いなゴキだったんだから、いなくなって結果オーライじゃない？」

「話を聞いて可哀そうだと思ったわ」

「ゴキを？」

「あなたもよ」

「私が？」

「そうよ」

しばらく話が途切れたが、アキコが、

「とにかく私は次の成果を手にしたいの。このまま一研究者で終わりたくないのよ」

「所長とか？」

「それだけじゃないわ、賞を取りたいのよ。そうなれば研究費も気にしないで続けていけるわ」

「アキコ、それは研究と言うより、ただの野望にしか見えないわ（以前の自分を見ているようだわ）」アキコはメドベージェワの言葉に一呼吸して、

「とにかく、私は変わるの」と言った。

「（親近感のあったアキコを変えてしまったのは私の責任かも……）それで次の研究のテーマは？」

「それはウサギーが知っているわ」

「私が？」

「そうよ」私にはアキコの思考が読めなかった。

「ウサギーの追い求めていた研究の続きをしたいの」

「何ですって!?……」私はそのあと言葉が思い浮かばなかった。

「どうしてそれをって感じね、オダ製薬にも情報部があるの。それによるとウサギーが新薬を持ち出しているって情報が入っているのよ」

「まさか……、それをどうするつもりなの？」

「完成させるのよ、２人の手で」とアキコは不気味な笑みを浮かべた。

「……断るわ」

「どうして？」

「あれを完成させるのには、多くの犠牲が必要になるわ。そんなことできない」

「これはお願いではなく、命令よ」

「はあ？」

「これを見て」アキコは自分の名札を見せた。

「私は課長に昇進したの。今日からあなたは私の部下よ」私はその言葉に親指を立て、下に向け、

「答えは〝Ｎｏ！〟よ」と言った。

「この会社で生きていくには命令は絶対だわ、ウサギーの夢も将来にも不可欠なことよ。辞めたら、あなたたち親子の危険性も高まるわ」

「アキコ、残念だけど、あなたとの付き合いもおしまいね。私は辞めるわ」すると堂々としていたアキコの態度が一変とした。

「お願い！　私を見放さないで」と言いながら立ち去ろうとする私の手を摑んだ。そして、

「お願い、私の母を助けて！」

「え!?　どういうこと？」

「今までのことは許して、こうでもしないと母が助からないの。ううう……」私は泣

き崩れるアキコに近づき、

「何があったの？」と尋ねた。

「実は……」アキコの話では、実家が貧困で大学に通うため、多額の奨学金を使ったという。その返済取立ての請負人《うけおい》がゴンドウ組の傘下であるクレジット会社だった。オダ製薬から出た報酬金は全て膨大な利子で膨らんだ借金返済に充《あ》てたという。母親は病弱でゴンドウ組の傘下である病院に入院させられ、今は人質状態だと。

「困ったわね……」

「うう……お願い、助けて……」

「分かったわ（こんな時、頼りになるリスがいてくれたらなあ）」とリスの存在を噛みしめていた。

「とにかく、しばらくはこの御芝居は続けましょう」

「ありがとう、ウサギー」

今日は早々と引き揚げて帰った。そしてネズミに変身して探偵事務所に向かった。

よく見ると、周りにはまたあの怪しい警官たちが見張っていた。

（これじゃあ、どちらに転んでも私たちは危なくなるわね……）

事務所ではタカセが腕を組み、考え込んでいた。メドベージェワに戻ると、

「わ～！　びっくりした」

「どうしたの？」

「ああ、実はマズイことになってね」

「私も」

「え？」今日の出来事をタカセに話すと、

「そう来たか……」

「私に驚いた割には、話にはあまり驚かないのね？」

「ゴンドウ組を調べていたら色んな繋がりを見つけて悩んでいたところなんだ」

「というと？」

「話にあった病院、学校もゴンドウ組が絡んでいるんだ」

「え？　じゃあ……」

「そう、ジュン君の通っている学校も怪しいんだ。多分、絡んでいる施設の大半はカムイのセキュリティカメラが設置されているだろう」

「こちらの動きも見張られているってことね」

「ああ、それに君の能力情報が伝わっている様で、犬や猫、ネズミまで捕獲を始めた。君が捕まらないかと冷や冷やしたよ」額の汗を拭《ぬぐ》っていた。

「この状況をリスならどうすり抜けるかしら?」

「そうだな、彼ならどんな策略を立てるか……」

リスの子供も聞いていた。

乾杯！

古巣に転がっていた19334をリスの子供ハリーとリリーが持ってきてくれた。

「こんにちは」と言っておばさんに変身していた。人間に変身する方が今は安全だ。

「さすがリス譲りだな」タカセは感心していた。

「感心している場合じゃないわよ」

「君はそれをどうするつもりなんだ？　渡しちゃうのか？」

「彼らの欲しいのはこのビーカーよ」

「確かにそうだが？……あ、まさか」

いつものように姿を変えずメドベージェワは通勤した。彼らももし19334を持っていなかったり、本物のメドベージェワか分からないので襲ってくることはなかった。研究所内でアキコを利用して罠を仕掛けているのだから、リスクを負って取り押さえる必要がない。

「おはよう、アキコ」

「ウサギー、本当は来てくれるか心配だった」

「お互いに助け合わないとね。まず、これが例の未完成新薬19334よ」

「それをどうするの？」

「多くのモルモットたちの犠牲で作られている新薬をやすやすと渡すつもりはないわ」

「ええ、でも……」

「心配しないで、考えがあるの。ところで話は変わるけど、本当にゴキを餌に？」

「ううん、そんな可愛そうなことはできないわ、私の部屋で飼っているの」

「ええ!?（想像しただけでも湿疹が……）」

「いやだ〜、もちろん放し飼いはしていないわ、ケースに入れて飼っているわよ」

「（ビックリした〜、この人ならやりかねないモノ）でも、繁殖が……」

「ビームを当てているからカワイイ卵も1個で1匹しかできないようにしているの」

「（カワイイ卵って……）まあ、いつものアキコに戻って良かったわ（よかったかな？）」

「それでどうするの？」

「これと同じ、新しいビーカーを持ってきて」

「わかった」

「あ、それと課長の件は本当なの？」と名札を見た。

「ええ、本当よ。これがウサギーの新しい名札」

「はあ？……部長補佐って」

「隠してたの、ごめん」

「じゃあ多少の無理は利くってことね」

「以前よりは随分……、もしかして開発に？」

「いや、まずは人質になっているあなたのお母さんを取り戻さないと」

「うん、ありがとう。……あのそれは？」メドベージェワがポケットから取り出したネズミを見ていた。

「彼らも協力したいってね。泣ける話でしょ？」

一方、ゴンドウ組では、

「ショウダイさま、計画は順調に進んでいるようです」

「そうか、もう少し時間が掛かるな。手を緩めるな。問題はトクガワ製薬だ、気が短くて困ったもんだ。催促ばかりしてきやがる」

タカセはゴンドウ組と繋がりのない病院を探していた。

「結構からんでいるなあ、セキュリティにカムイを受け入れている病院もあるし……」

　メドベージェワたちは新薬から抽出してハリー、リリー以外の子供にも投与した。一匹はいかにもタフな筋肉を持ったみたいでキンニクと名付けた。

「すごい！　遺伝子を作り変えているわ」とアキコは電子顕微鏡を覗き込みながら感動していたが、

「それを人間に投与するとどうなるかしら？　単にマッチョになるとは思えないわ」

「……想像できないわね」

「だから、今の段階では無理なのよ。もし脳みそまで筋肉化してしまうと致命的だわ」他にも数匹、様子を見ながら投与していった。アキコが、

「この子、徐々に姿を消していくわ！」

「カメレオン体質ね、周りの色と同調するのよ。脳波も調べて」

「はい」

　アキコは興奮気味に、

「凄い新薬ですね！」

「勘違いしないで、私たちはモンスターを創るのが目標じゃないわ。人間が病気に対抗できる健康な体を維持でき、潜在能力を引き出すことが目標よ」

「はい」

「この研究のレポートは一切白紙にしておいてね。今置かれている状況を打開してから始めても遅くはないわ」

「分かりました」

「それと19334を手に入れたと連絡するのよ」

「本当にいいのですか？」

「同時にお母さんの退院手続きを取りなさい。次の入院先まで仲間が手配を手伝うわ」

「ありがとうございます！」


タカセたちはすでに病院で待機していた。

「あとはゴンドウ組のショウダイを締め上げないと……」タカセの調べでショウダイが立ち寄る料亭を調べていた。

客間に通されたショウダイは気分が良かった。無事に19334を手に入れたからだ。

「これで大金が舞い込んでくる」そこへ女中が入って来て、

「それはどうですかね？」

「なんだと？　女中の分際で」

「あら？　女中を差別するような言いぐさにも腹が立ちますわ」ショウダイ以外の者は、女中に変身したハリーとリリーが、

「今夜のお食事は急用で中止になりました」とゴンドウ組の者を追い返していた。

メドベージェワに戻ると、

「お、お前は、め、メドベージェワ。誰か！」

「呼んでも誰も来ないわ、あなた1人よ」ショウダイが懐から拳銃を出した瞬間、メドベージェワがテーブルを蹴飛ばし、テーブルがショウダイの拳銃を落とした。すると脇から別のショウダイが現れ、拳銃を奪い取った。

「ここで自殺ということにしてもいいのよ？　指紋もあなたのモノだから」

「な、何が狙いだ。これなら返す」１９３３４を取り出した。

「そんなものは要らないわ、欲しいのはあなたの命」

「ま、待ってくれ、何でもいうことを聞く」

「私を陥《おとしい》れようとしても、無駄よ。今度はちゅうちょしないから」

「分かった、約束する」

「あなたの約束などあてにしていないわ。タジマに電話して、この通りに話すのよ、

迫真の演技でね」と言いながらメモを渡した。

ル～ル～ル～。

「どうした？　19334は手に入れたのか？」

「て、手に入れた。欲しければ500億用意しろ」

「何？　ご、500億だと！」

「できなければ取引は無効だ。これから先もずっと」

「ちょ、ちょっと待て、ショウダイ！」

プツン、ツーツーツー。

「これでトクガワ製薬との関係も終わりね？　もし再開したら、今度はあなたの命を確実に仕留めるわ」変身していたハリーは拳銃のマガジンを抜き、弾を全部抜いてテーブルに置いた。そして2人はその場を去って行った。

トクガワ製薬では、

「タジマ、どういうことだ！　500億とは？」

「ゴンドウ組に足元を見られました。申し訳ありません」

「500億……わたしは諦めんぞ。子会社を全て売却して500億を集め、ゴンドウに叩きつけてやる。研究を続行して何としても新薬を開発し、立て直す」

「社長、そんな大博打をする価値があるのですか？　私は付いていけません」

「なら、お前はたった今、首だ」

イチロウの強引な案に反対する役員が続出したが、はねのけて子会社を全て売却した。当然、トクガワ製薬の株も下がり、金融会社も手を引く動きになっていた。

イチロウがショウダイに連絡を入れていた。それをタカセが盗聴していた。

「狙い通りだ」

工場の空き倉庫で取引が行われていた。

「ショウダイ、見くびったぞ。19334は持って来たか？」するとショウダイは19334ビーカーを見せた。

「渡せ！」

「金が先だ」

「ぐっ（畜生！　調子に乗りやがって）。いいだろう」ショウダイの部下に変装したタカセが受け取り、小切手が本物か確認した。

「持っていけ」とイチロウにビーカーを放り投げた。

「おお！（なんてことを！）」慌ててイチロウがキャッチした。

イチロウを置いてさっさとショウダイは立ち去った。車の中でメドベージェワに戻っていた。

「本当にこれでいいのか？」タカセはちょっと心配だった。

トクガワ製薬に戻ったイチロウはすぐに研究所長のサムに１９３３４ビーカーを渡し、

「これで逆転するんだ！」

「あ、はい！」

しばらくしてサムが報告に来た。

「どうした？」

「……社長、この中身なのですが……」

「なんだ？　早く言え！」

「滋養強壮剤かと……」

「な、なんだと！　しまった!!　……」イチロウの血圧がピークに達し、倒れた。

翌週の新聞に「トクガワ製薬買収」というトップ記事が掲載されていた。

「どうしてこんなことに……」会員総会でイチロウ以外の全員一致で可決されていた。買い取り額は５００億、オダ製薬のバックアップも受けていた。

「５００億、いったい誰が？」と呆然。すると病院のベッドで寝ていたイチロウの前に現れたのはメドベージェワだった。

「私よ」

「お前が……」イチロウは放心状態になってしまった。

トクガワ製薬を改めシンセイ製薬とし、メドベージェワが社長兼、研究所長として継ぐこととなった。

そして新薬の研究が続けられた。社員の雇用はそのまま残すことにしたが、サムは解雇された。オダ製薬のアキコも招かれた。当然、ゴキブリの持ち込みは却下されたがアキコは燃えていた。それほど19334の完成を望んでいたのだ。

1年掛かり、脳の異常を抑えるのにアキコと開発していたワクチンを加え19334の影響力を下げてみた。結果マウスの試験で異常をきたしている脳に改善が見られ、皮膚や毛並みの状態も改善に向かっていた。

翌年には研究レポートがまとめられ、そして臨床実験までこぎつけた。

この頃、タカセは飼育したネズミを「ゴキ退治ペット」として売り始めていた。最初は信じられないとお客も少なかったが、オダ製薬のワクチンを受けたネズミが賢いと口コミで反響を呼び、予約注文が増えていった。勿論、儲けるつもりはないので面倒がみられる数だけにしていた。

シンセイ製薬も軌道に乗り、イチロウとの決着も裁判でついた。イチロウは自己破産で何処かへ身を隠してしまった。

「タカセ、ご苦労さま」

「メドベージェワもおめでとう」

「明るい未来に乾杯！」

もし、あなたの前にあなたが現れたら、それはリスの子孫かもしれませんよ……。

作者　ｋｏｋｏ

著者プロフィール

koko（ここ）

老若男女不詳。
和歌山県出身、愛知県在住。
現在うつ病で、療養しながらの執筆。

彼女はミュータント

2020年11月15日　初版第1刷発行

著　者　koko
発行者　瓜谷 綱延
発行所　株式会社文芸社
〒160-0022　東京都新宿区新宿1－10－1
電話　03-5369-3060（代表）
03-5369-2299（販売）

印　刷　株式会社文芸社
製本所　株式会社MOTOMURA

ISBN978-4-286-21628-7